A MENINA O MENINO

e o fio do tempo

CB022551

Dados Internacionais de Catalogação na Publicação (CIP)
Angélica Ilacqua CRB-8/7057

Gomes, Lenice
A menina, o menino e o fio do tempo / Lenice Gomes e Claudia Lins ; ilustrações de Ddaniela Aguilar. - São Paulo : Saberes e Letras, 2022.

48 p. : il., color. (Coleção Coisas do Brasil)
ISBN 978-65-84607-06-4

1. Literatura infantojuvenil I. Título II. Lins, Claudia III. Aguilar, Ddaniela IV. Série

22-2756 CDD 028.5

Índice para catálogo sistemático:
1. Literatura infantojuvenil

1ª edição – 2022

Direção-geral: *Flávia Reginatto*
Editora responsável: *Andréia Schweitzer*
Assistente de edição: *Fabíola Medeiros*
Coordenação de revisão: *Marina Mendonça*
Copidesque: *Mônica Elaine G. S. da Costa*
Revisão: *Sandra Sinzato*
Gerente de produção: *Felício Calegaro Neto*
Produção de arte: *Tiago Filu*

Foram feitos todos os esforços para identificar e creditar os detentores de direitos autorais sobre as poesias e cantigas populares citadas nesta obra. Se forem identificadas as autorias, por favor, entre em contato com a editora e publicaremos a correção na próxima edição.

Nenhuma parte desta obra pode ser reproduzida ou transmitida por qualquer forma e/ou quaisquer meios (eletrônico ou mecânico, incluindo fotocópia e gravação) ou arquivada em qualquer sistema ou banco de dados sem permissão escrita da Editora. Direitos reservados.

Saberes e Letras
Rua Botucatu, 171 – Vila Clementino
04023-060 – São Paulo – SP (Brasil)
Tel.: (11) 2125-3575
http://www.sabereseletras.com.br
editora@sabereseletras.com.br
Telemarketing e SAC: 0800-7010081
© Instituto Alberione – São Paulo, 2022

Lenice Gomes e Claudia Lins

A MENINA O MENINO

e o fio do tempo

Ilustrações: Ddaniela Aguilar

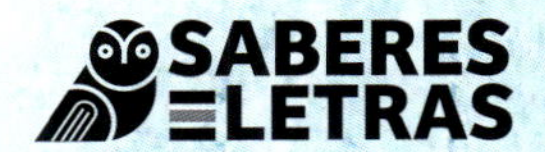

O menino nasceu em um dia de vento mensageiro. Desses que chegam de repente, assoviam e espalham novidades por onde passam.

A família fez festa no alpendre da casa para recebê-lo.

O pai mandou buscar um boizinho chamado Trovão, que pastava livre na serra, para dar-lhe de presente.

Todos queriam desejar boas-vindas ao novo vaqueiro, que nascia para vencer os misteriosos caminhos do sertão.

Muito longe daquela serra vermelha onde morava o menino, em uma casa grande com jardins de flores cheirosas, em um tempo futuro que ele ainda nem sonhava viver, nasceu a menina bonita.

Ela tinha os olhos vivos, de quem descobre o mundo. Olhos que lembravam jabuticabas maduras e iluminavam seu rosto moreno. A pele era macia feito favo de mel. Os cabelos, encaracolados e negros. Tão bela era aquela menina que, desde muito pequena, toda gente do seu vilarejo parava apenas para olhar para ela.

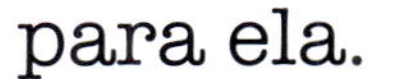

O menino agora reinava pelos quintais da Ingazeira, pastoreando cabras. Corria aventureiro por trilhas espinhentas dos xiquexiques, inventava esconderijos no meio das matas. Nas águas claras do riacho, nadava feito um peixe. Era mestre em desenhar figuras mágicas no pensamento, enquanto admirava as nuvens dançarem soltas no céu.

Ele tinha o riso solto e era dono de uma esperteza sem igual.

Na fazenda Malhada da Caiçara, a menina bonita crescia admirada dos encantos que habitavam seu pequeno reino de brincadeiras.

Corria descalça pelo terreiro, tomava banho de chuva e de sol, brincava de casinha, pular corda, cabra-cega, esconde-esconde. À sombra das grandes árvores, via a vida passar sem pressa. Por lá ficava e se escondia, sonhava morar e viver, até que o grito da mãe a despertasse.

– MARIAAAAAA!!! VEM PRA CASA!

No sítio Passagem das Pedras, onde crescia, o menino se encantava ao ver todos os dias a avó, na varanda, tecer mágicas rendas. Seu olhar seguia os dedos ligeiros dela, enquanto trançavam e batiam com os bilros sobre a almofada, desenhando delicados pontos. Vó Maria era a madrinha e protetora. Em seu colo, tão leve quanto os fios rendados, o menino buscava carinho e acalantos.

A avó contava histórias e alinhavava versos:

OLÊ, MULHER RENDEIRA,
OLÊ, MULHER RENDÁ...

O ESQUINDOLELÊ... O ESQUINDOLELÊ LÁ LÁ...

No chão de terra vermelha, por onde os pés da molecada correm ligeiros, a menina traça os caminhos da amarelinha.

Pula, pula, igual a um cabritinho.

Um, dois, três, quatro, cinco, seis...

O céu parece longe, mas, nos riscos da brincadeira, ele sempre está lá.

Maria gosta de imaginar que é um pássaro. E, para alcançar o céu da amarelinha, nem precisa de asas para voar.

Os dias de trabalho na roça, ajudando a colher e a pilar o milho, criam calos e marcas nas mãos pequenas do menino. Mas ele tem mãos fortes e com elas sonha desbravar o mundo. Seus dedos faceiros empinam papagaios, atiram bolas de barro com certeiros bodoques e fazem deslizar piões que rodam e riscam, escrevem versos no chão.

O PIÃO ENTROU NA RODA, Ó PIÃO!
RODA PIÃO, BAMBEIA PIÃO!
SAPATEIA NO TERREIRO, Ó PIÃO!
MOSTRA A SUA FIGURA, Ó PIÃO!
RODA PIÃO, BAMBEIA PIÃO!

No meio da plantação, a menina brinca com a criançada. São onze irmãos na grande roda. Suas mãos debulham o milho, fazem bonecas com as espigas, criam fantasias e mistérios. E, naquele mundo só dela, sabugos viram princesas, príncipes e feiticeiras, enquanto a roda gira brincalhona, o tempo todo sem parar.

FUI NO TORORÓ BEBER ÁGUA
E NÃO ACHEI
ENCONTREI BELA MORENA
QUE NO TORORÓ DEIXEI.

CIRANDA, CIRANDINHA
VAMOS TODOS CIRANDAR!
VAMOS DAR A MEIA-VOLTA,
VOLTA E MEIA VAMOS DAR.

OH, MARIAZINHA, OH, MARIAZINHA!
ENTRE NESSA RODA OU FICARÁ SOZINHA!
SOZINHA EU NÃO FICO, NEM HEI DE FICAR,
PORQUE TENHO OS MEUS IRMÃOS
PARA BRINCAR!

Os olhos do menino agora voam à procura do colorido das aves, que coalham os céus alaranjados da sua terra. Acauãs, fradinhos, galos-de-campina, tizius, corrupiões, xexéus e até o tico-tico-rei em suas mãos vêm pousar sem medo.

O voo da liberdade é um chamado ao coração.

"Eu queria ter asas e voar sem destino.
Ver do alto os mistérios das matas,
Brincar nas nuvens com a passarada,
Viver para sempre menino."

Passa o tempo, sopra o vento e, de seu balanço no arvoredo, a menina bonita voa à procura dos pássaros de seu coração. Ela gosta de vê-los livres pela paisagem do sertão. Às vezes, fecha os olhos para melhor enxergá-los. Nas matas, enquanto brincam, seus irmãos nem desconfiam, mas o querer da menina é libertar a passarada das armadilhas.

XÔ, MEU SABIÁ, XÔ, MEU ZABELÊ!
TODA MADRUGADA EU SONHO COM VOCÊ.
SE VOCÊ NÃO ACREDITA,
EU VOU SONHAR PRA VOCÊ VER!

Na varanda de casa, rabiscando as primeiras letras, o menino estuda as lições de mestre Nenéu. Soletra com gosto a cartilha e sabe somar os números e armar contas como ninguém. Logo os dias passam depressa e trazem a nova escola lá no alto da serra. As aulas são no quintal, à sombra do pé de quixabeira. Seus olhos insistem em se derramar sobre as paisagens ao redor.

No céu de sua imaginação, voam versos...

MEU BOIZINHO SOLTO NO PASTO,
MEU MANDACARU EM FLOR,
QUANTA BELEZA TEM O SERTÃO!
SOBE A SERRA, CORRE O RIO,
AQUI PLANTEI O MEU CORAÇÃO.

No mundo da menina, beleza é tecer fios, inventar pontos, saber rendar. Suas mãos, sempre amigas das linhas e dos tecidos, costuram roupinhas para bonecas, desenham flores e paisagens. Bordando, ela esquece o tempo. Tece a vida, colore de sonhos o pensamento.

Aos poucos, os dias de brincar vão diminuindo, feito riacho minguante.

O pai ensina o menino a tecer o couro. A vida é urgente.

Vestindo gibão para a festa do padroeiro, ele sonha ser vaqueiro. Cruzar a caatinga sem destino, cortar o ar a galopes. Ao boizinho Trovão, companheiro de aventuras pelas matas, confidencia segredos.

"Um dia me perco
por essas veredas sem rumo.
Um dia ainda sumo
na poeira deste sertão!"

Chega a noite de São João. No espelho, a menina admira o vestido de festa tecido com bordados e rendas. Fitas e biliros enfeitam as longas e negras mechas de cabelos, trançadas pelas mãos da irmã mais velha.

– Como é bonita essa filha do seu José Gomes! – repete o povo de Santa Brígida, ao vê-la dançar no meio da multidão.

Ninguém se cansa de admirar sua beleza. Nas festas, são para Maria quase todos os bilhetinhos e dengos. Alguns, por muito tempo guardados, adormecem em um pequeno balaio de palha, entre retalhos de chita e velhas bonecas de sabugo, perfumadas com ramos de alfazema.

As chamas da fogueira derramam cores sobre a noite escura.
Rojões cruzam o céu, procurando estrelas.
O menino é festeiro e ama a vida.
Dedilhando a sanfona,
declama repentes e cantarola versos.
Suas palavras saltam do pensamento
sopradas no ar feito balões.

As rimas escritas em papel de seda voam amarradas aos pés de pássaros mensageiros, que ele costuma espalhar em segredo pelo sertão. Só assim vê o tempo correr muito além do pé da serra, por onde dorme o futuro.

É tarde, o sol se esconde nas nuvens. Um pássaro vem pousar no arvoredo, onde a menina quase moça sonha com histórias de cordel. Ele canta como se a bela, em sua sabedoria de gente, fosse capaz de compreender o que diz sua melodia. Preso à perninha da ave, há um pedaço de papel escrito com letra miúda. A menina o vê e toma para si com a pressa de quem encontra um tesouro.

O passarinho voa assustado, talvez aliviado por sentir-se livre.

"Quem sabe um dia, um cavaleiro
vestindo gibão dourado
venha cavalgando por entre
os espinheiros da mata!" – pensa a bela.

No alpendre da casa, a mãe a chama de volta, e ela cruza o quintal feito um raio, indo pousar no silêncio do quarto. O olhar é de quem viu encantado perdido na mata. Tão cheio de enigmas quanto o bilhetinho escondido na palma da mão.

A bela abre o papelzinho e o dobra novamente entre os dedos. Uma porção de vezes. Não consegue parar de admirar as letras bordadas a lápis sobre o papel.

Quem teria escrito aqueles versos, que, a seus olhos, são um grande mistério?

Nas terras do Pajeú, onde presente e futuro se misturam, um vaqueiro ouve o vento soprar em seu ouvido antigos versos do passado.

Ele, que um dia reinou em armadilhas de passarinhos, agora galopa livre pelas serras talhadas, guiando o rebanho da família.

“Por onde voará a uma hora dessas meu passarinho mensageiro?” – ele se pergunta em pensamento, olhando o dia ir embora sem pressa.

Faz tanto tempo que o mandacaru não floresce...

O sol forte lambe o céu, lambe a vida e a plantação.

O coração de Maria, a menina bonita, bate descompassado.

Nem desconfia por quanto tempo o bilhetinho irá morar em seu balaio de segredos.

Um dia, quem sabe, o autor daqueles versos cruzará o seu caminho?

SEGUINDO O FIO DO TEMPO

Muito antes de escreverem seus nomes na história do sertão nordestino, *Virgulino* e *Maria de Déa* foram crianças vivendo as aventuras de crescer em um tempo de incertezas e possibilidades.

Ele nasceu Virgulino Ferreira da Silva, no dia 7 de julho de 1898, na fazenda Ingazeira, município de Serra Talhada, em Pernambuco. Ela foi batizada Maria Gomes de Oliveira, a Maria de Déa. Nasceu no dia 8 de março de 1911, na fazenda da Malhada Caiçara, um lugarejo do povoado Santa Brígida, nas terras de Paulo Afonso, Bahia.

Cresceram em diferentes lugares e épocas, mas, como muitas crianças nordestinas, brincaram nos quintais e nos arvoredos, aprontaram reinações e traquinagens, construíram bonecos de faz de conta, dançaram folguedos nas festas religiosas, cavalgaram nas matas de caatinga, ajudaram a cuidar dos animais e da plantação. Foram livres, colorindo o desconhecido futuro com infinitos sonhos. Caminharam pelos labirintos da vida enfrentando muitos desafios e se encontraram adultos para viver uma intensa história de amor, que durou até o fim de suas existências. Juntos, eles se transformaram em *Lampião* e *Maria Bonita*, *o rei e a rainha do cangaço*, mas essa já é outra história.

DESCOBRINDO O SERTÃO

Acauã – ave da família dos falcões, de porte médio, com asas curtas e calda longa; alimenta-se de serpentes.

Alpendre – espécie de varanda coberta para proteger a casa do sol; muito comum em sítios e fazendas do interior do Brasil.

Balaio – cesto grande feito de palha, bastante usado para transportar mantimentos no lombo dos animais, ou como objeto de casa para armazenar roupas, linhas e materiais de costura.

Biliro – grampo ou enfeite usado para prender os cabelos.

Bilro – bastão pequenino de madeira com ponta arredondada, usado sobre almofada e apoiado por alfinete, que serve para entrelaçar sucessivos fios de algodão, seda ou linho, e dar forma aos desenhos da renda.

Bodoque – estilingue feito de sobra de galhos de plantas, em formato de "y", com as extremidades ligadas por uma tira elástica; com ele as crianças brincam de arremessar pedrinhas, bolas de barro ou caçar passarinhos.

Cabra-cega – brincadeira também conhecida por "pata-cega" ou "galinha-cega", na qual um participante tem os olhos vendados e é desafiado a encontrar os outros brincantes, adivinhando-lhes os nomes, sem tirar a venda dos olhos.

Corrupião – encontrado nas matas de caatinga, é conhecido no Nordeste como "pássaro que come lagartas"; possui plumagem alaranjada, e a cabeça e as asas são negras; alimenta-se de frutos e das flores de cactos, como o mandacaru.

Encantado – substantivo que se refere ao sobrenatural, usado para identificar as narrativas fantásticas e histórias maravilhosas, por onde desfilam assombrações ou seres encantados da natureza.

Debulhar – ato de selecionar, tirar ou separar os grãos ou bagos de frutas ou cereais; exemplo, "debulhar o milho".

Fradinho – também conhecido em Pernambuco como "caboclinho-de-cabeça-marrom", é pássaro pequeno, com cerca de 10 centímetros, possui plumagem cor de canela, e as asas e a cauda pretas; habita toda a região Nordeste.

Galo-de-campina – voa aos bandos pelas matas de caatinga e é também chamado de "cardeal-do-nordeste"; pode medir até 17 centímetros, sua cabeça e seu pescoço têm coloração vermelha, seu peito é branco e as asas e costas, cinza.

Gibão – paletó feito de couro, usado pelos vaqueiros nordestinos para proteger o corpo do atrito com a vegetação de espinhos, durante as corridas na mata para laçar o gado.

Ingazeira – palavra derivada da árvore ingá, que deu nome ao lugarejo onde nasceu Virgulino; a família do menino morava no sítio Passagem das Pedras, que pertencia à fazenda Ingazeira, hoje município de Serra Talhada, sertão de Pernambuco.

Pajeú – território do sertão de Pernambuco, que compreende diversos municípios, entre eles Serra Talhada, terra natal de Virgulino.

Papagaio – brinquedo feito com papel de seda, varetas de madeira, rabadas ou rabiolas, que, amarrado a longo fio de linha, é capaz de voar alturas sob o impulso do vento; é também conhecido como "pipa" ou "papagaio de papel".

Pilar o milho – ato de triturar os grãos de milho no pilão de madeira ou de pedra.

Quixabeira – árvore típica da região de caatinga, que chega a medir até 15 metros de altura; sua madeira é firme e suas folhas e frutos servem de alimento para o gado nas épocas de seca.

Repente – cantoria baseada no improviso, em que o declamador pronuncia versos inventados na hora, acompanhado pelo som da viola ou sanfona; de Virgulino, diz-se que era bom em declamar repentes.

Rojão ou foguete – é fogo de artifício usado para comemorar os festejos juninos e outros folguedos culturais do Nordeste.

Terreiro – espaço de terra batida ou plana, destinado à plantação e ao cultivo; área livre, quintal de sítio ou fazenda.

Tico-tico-rei – pássaro pequeno de plumagem marrom-escura, com topete avermelhado e lista branca ao redor dos olhos; também conhecido em Pernambuco como "abre-fecha" ou "maria-fita"; habita áreas de caatinga, restinga e mata seca do Nordeste.

Tiziu – passarinho de porte pequeno, com coloração de penas que oscila do negro ao azulado; povoa quase todas as regiões do Brasil.

Vereda – região alagada nas zonas de caatinga, entre vales e serras; também pode ser um caminho estreito por onde o vaqueiro viaja conduzindo a tropa.

Xexéu – ave de plumagem negra e amarela, que pode medir até 29 centímetros; capaz de imitar o canto de outros pássaros e mamíferos, vive em bandos, alimenta-se dos ovos das outras aves e habita as matas de várzeas.

Xiquexique – espécie de cacto, planta originária da caatinga, é constituídos por espinhos pontiagudos, possui um fruto comestível de cor avermelhada e pode ser encontrado em outras matas sertanejas.

Zabelê – ave comum na vegetação de caatinga, que pode medir até 36 centímetros; também conhecida como "zebelê" ou "zambelê", sua plumagem amarronzada se assemelha à do sabiá.

Para compor esta história, as autoras percorreram paisagens das infâncias de Virgulino e Maria, pesquisaram a fauna e a flora sertanejas e se aventuraram por caminhos nos estados de Alagoas, Pernambuco e Sergipe.

Fontes: Museu do Sertão, Piranhas (AL); Museu do Cangaço, Serra Talhada (PE), Museu de Arqueologia de Xingó, Canindé do São Francisco (SE).

As cantigas de rodas, cantaroladas em versos pelos personagens, pertencem ao cancioneiro popular e são tradição nas brincadeiras e danças folclóricas do sertão nordestino. O verso folclórico *Xô, meu Sabiá, xô, meu Zabelê* faz parte dos repertórios de catopês, congados e reizados.

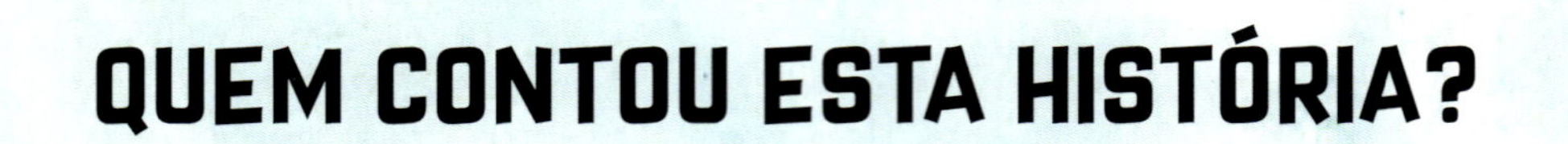

Lenice Gomes

Sou pernambucana e moro na alegre cidade de Olinda, onde realizo o projeto Noite de Histórias e fundei a *Cia. Palavras Andarilhas*. Sou educadora especialista em Literatura Infantojuvenil e contadora de histórias. Publiquei dezenas de livros para crianças e adolescentes, alguns deles premiados com o selo Altamente Recomendável da Fundação Nacional do Livro Infantil e Juvenil. A cultura popular é uma de minhas motivações para escrever; por isso, viajo o Brasil pesquisando tradições folclóricas à procura de gente que, como eu, também ama recontar essas maravilhas.

Claudia Lins

Nasci no Rio de Janeiro, onde me formei em Jornalismo e fiz teatro na escola *O Tablado*, da dramaturga Maria Clara Machado. Fui repórter de TV, publiquei diversos livros infantojuvenis e, hoje, da ensolarada cidade de Maceió, onde moro, coordeno um portal literário chamado Mundo Leitura. Gosto tanto de aproximar pessoas e livros que vivo participando de projetos para incentivar a leitura, como o *Ler é minha praia* e a *Rede ler e compartilhar*, responsáveis por fazer circular milhares de títulos em escolas e comunidades do Espírito Santo, de Alagoas, de Pernambuco e do Sergipe. Escrever histórias e mediar leituras são uma alegria que vivo intensamente.

Ddaniela Aguilar

Sou mineira e atualmente possuo um atelier nas Montanhas Capixabas, onde estou sempre entre sonhos, desenhos, objetos e cores. Tenho formação em Artes Plásticas e Moda, com especialização em design textil e ilustração de livros infantis. Por muitos anos residi em Alagoas e visitei várias vezes o sertão e os lugares onde os personagens viveram. Ilustrar esta narrativa que Lenice e Claudia bordaram com as palavras foi grande felicidade.